착하게 살아온 나날

착하게 살아온 나날

조지 고든 바이런 외

피천득 옮김 · 엮음

TELL OF DAYS IN
GOODNESS SPENT
George Gordon Byron etc.

시와 함께한 나의 문학 인생

피천득

팔 년 전쯤인 1997년, 나는 평소 틈틈이 번역해 놓았던 외국의
시들을 묶어서 『내가 사랑하는 시』라는 제목의 번역 시집을
펴냈습니다. 그 책에 실린 외국의 시들은 평소에 내가 좋아해서
즐겨 애송하는 시편들입니다. 재미 삼아 그 시들을 한 편 한 편
우리말로 옮겨 보았을 뿐이지 번역 시집을 펴내겠다는 의도를
애초부터 가지고 있었던 것은 아닙니다.

내가 왜 외국의 시를 번역했는지 궁금해할 독자들이 있을
것 같아서 말하는데 그 이유는 단순합니다. 내가 좋아하는
외국의 시를 보다 많은 우리나라의 독자들과 함께 나누고 싶었기
때문입니다. 내가 시를 번역하면서 가장 염두에 두었던 것은
시인이 시에 담아둔 본래의 의미를 훼손하지 않으면서, 마치
우리나라 시를 읽는 것처럼 자연스러운 느낌이 드는 번역을
하자는 것이었습니다. 사실 다른 나라 말로 쓰인 시를 완전하게
옮긴다는 것은 불가능한 일입니다. 시에는 그 나라 언어만이
가지고 있는 고유의 감성과 정서가 담겨 있기 때문입니다.
외국어에 능통해서 외국의 시를 원문 그대로 감상할 수 있다면
가장 좋겠지만 현실적으로 그럴 수 있는 독자는 얼마 되지
않습니다. 그래서 내가 쉽고 재미있게 번역을 해 보자는 생각을
자세 냈습니다. 이제 그 번역 시집의 개정판을 낸다고 하니
감회가 새롭습니다. 그래서 이 계제(階梯)에 몇 가지 시에 대해서
내가 가지고 있는 생각들을 보태 보려고 합니다.

나는 열다섯 살 무렵부터 일본 시인의 시들 그리고 일본어로
번역된 영국과 유럽의 시들을 읽고 시에 심취했습니다. 좀

세월이 흘러서는 김소월, 이육사, 정지용 등 우리나라 시인들의 시를 애송했습니다. 말하자면 시에 대한 사랑이 내 문학 인생의 출발이었던 셈입니다. 대학에서 영문학을 공부하게 된 것도, 실은 영국 시인들의 시 작품을 제대로 감상하고 싶었기 때문입니다. 영국은 알다시피 시를 숭상하는 나라입니다. 세계에서 영국만큼 시를 숭상하고 시인을 우대하는 나라도 없을 겁니다. 영국에서 위대한 시인들이 많이 나온 것도 다 그 때문입니다. 셰익스피어를 두고 인도와도 바꾸지 않겠다고 말한 것만 보아도 그들이 시인을 어떻게 생각하는지 알 수 있을 겁니다. 어떤 사람은 또 이런 말을 하기도 했습니다. "다른 그 어떤 이유도 아닌, 오직 셰익스피어를 제대로 이해하기 위해서라도 영어는 익혀둘 만한 언어다."라고. 이 얼마나 도저한 찬사입니까. 나는 영문학을 공부해서 많은 시들을 읽고 싶었습니다. 그리고 나 자신도 시인이 되고 싶었고, 직접 시를 쓰기도 했습니다. 그런데 독자들이 내가 쓴 수필과 산문을 많이 사랑하게 되면서 내가 쓴 시들이 그것에 가려진 듯한 느낌이 듭니다.

사실 나에게 있어 수필과 시는 같은 것입니다. 어떤 사람들은 내가 쓴 수필을 보고 사회성이나 철학성이 부족하다는 지적을 하기도 했는데, 그것은 일견 맞는 말이면서 틀린 말이기도 합니다. 왜냐하면 사회성이나 철학성을 담는 것은 수필이 아닌 다른 장르, 이를테면 비평의 분야라고 믿고 있기 때문입니다. 사실 순수한 서정이 담긴 글과 사회성이 깃든 글들은 서로 상치하는 게 아니라 우리 사회에 모두 필요한 것들입니다.

내가 시와 수필에서 가장 중요하게 생각하는 것은 순수한 동심과 맑고 고매한 서정성, 그리고 위대한 정신세계입니다. 특히 서정성은 세월이 아무리 흘러도 변하지 않는 것입니다. 나는 시와 수필의 본령은 그런 서정성을 창조하는 데 있다고 생각합니다. 그래서 나는 수필도 시처럼 쓰고 싶었습니다. 맑은 서정성과 고매한 정신세계를 내 글 속에 담고 싶었습니다. 나는 글을

쓰면서 늘 그 경지를 지향했지만, 지금 생각해 보면 그 경지에는 이르지 못하고 지금 여기에 이른 것 같습니다.

이 책에 실린 시인들은 하나같이 올바른 시인의 자세를 보여 준 사람들입니다. 그들은 맑고 순수한 동심을 가진 사람들이고, 또 그 어떤 현실의 속리와도 결탁하지 않고 시인의 자존심을 지킨 사람들입니다. 그들은 내가 생각하는 시인의 이상을 현실에서 구현한 사람들입니다. 그래서 나는 그들을 흠모했습니다. 영국의 시인 키츠가 살던 집에 가 본 적이 있는데, 낡은 책상과 침대 외엔 별다른 가구가 없었습니다. 그는 평생을 그렇게 빈한하게 살다가 갔습니다. 하지만 그는 자신의 안위를 위해 시인의 자존심을 팔지 않았습니다. 이 얼마나 고결한 정신입니까.

우리나라에도 시인이 참 많은데, 나는 그들에게 이런 말을 들려주고 싶습니다. 시인에게 가장 중요한 것은 다름 아닌 '자존심'이라고 말입니다. 자신이 가지고 있는 모든 것은 다 버려도 자존심은 절대로 버리면 안 됩니다. 그게 시인의 자세입니다. 이 자존심은 시인으로서의 자신을 긍정하고 현실 앞에서 고고함을 지키는 것을 의미합니다. 하지만 불행하게도 우리나라의 시인들 중에는 권력 앞에 굴종하고 위정자들에게 의탁한 시인들이 있습니다. 이익을 바라서 순정을 파는 것은 시인의 도리가 아닙니다. 이미 그는 시인된 자가 아닙니다. 그런 이들에게 현란한 말재주는 있을지 몰라도 시인으로서의 자존심은 없기에 그들은 시인이라고 말할 수 없습니다. 진정한 시인은, 가진 것이 많은 사람의 편, 권력을 가진 사람의 편에 서는 것이 아닙니다. 진정으로 위대한 시인은 가난하고 그늘진 자의 편에 서야 하고 그런 삶을 마다하지 않아야 합니다.

사실, 나는 안정적인 삶을 살아왔습니다. 글을 써서 이름도 얻었고 대학교수도 했습니다. 그런데 나는 이런 사실이 너무도 송구스럽습니다. 나는 이런 것을 얻기 위해 별다른 노력을 하지

않았는데, 다만 운이 좋아서 이런 것들이 주어진 것 같습니다. 나는 시를 쓰면서도 안정 속에 들어 있는 내 삶이 한없이 송구스럽습니다.

이 책 속에는 유럽 시인의 시도 있고, 일본·중국·인도 시인의 시도 들어 있습니다. 사실 높은 차원의 시는 동서를 막론하고 엇비슷합니다. 모두가 순수한 동심과 고결한 정신, 그리고 맑은 서정을 가지고 있으니까 말입니다. 요즘은 과거에 비해 사람들이 시를 많이 읽지 않습니다. 큰 서점을 빼고는 시집을 파는 서가 자체가 없는 서점들이 많다고 들었습니다. 요즘의 시대가 먹고 사는 게 너무나 힘들고 경쟁이 치열하기 때문이라는 생각이 들기도 합니다. 남을 누르고 이겨야 살 수 있는 세계에서 시는 사실 잘 읽히지 않습니다. 하지만 그럴수록 오히려 시를 가까이 두고 읽어야 할 필요가 있습니다. 시는 영혼의 가장 좋은 양식이고 교육입니다. 시를 읽으면 마음이 맑아지고 영혼이 정갈해집니다. 이것은 마른 나무에서 꽃이 피는 것과 같은 일입니다.

개정판으로 다시 펴내는 이 책 속의 시인들은 아이들의 영혼으로 삶과 사물을 바라본 이들입니다. 그들의 시를 통해서 나는 독자들이 순수한 동심만이 세상에 희망의 빛을 선사할 수 있다는 믿음을 가질 수 있었으면 좋겠습니다.

• 이 글은 『내가 사랑하는 시』(샘터, 2005년)에 수록된 서문이다.

차례

『셰익스피어 소네트』 29번

윌리엄 셰익스피어[●]

운명과 세인의 눈에 천시되어,
나는 혼자 버림받은 신세를 슬퍼하고,
소용없는 울음으로 귀머거리 하늘을 괴롭히고,
내 몸을 돌아보고 나의 형편을 저주하도다
희망 많기는 이 사람,
용모가 수려하기는 저 사람, 친구가 많기는 그 사람
같기를
이 사람의 재주를, 저 사람의 권세를 부러워하며,
내가 가진 것에는 만족을 못 느낄 때,
그러나 이런 생각으로 나를 거의 경멸하다가도
문득 그대를 생각하면, 나는
첫새벽 적막한 대지로부터 날아올라
천국의 문전에서 노래 부르는 종달새,
    그대의 사랑을 생각하면 곧 부귀에 넘쳐,
    내 운명, 제왕과도 바꾸려 아니 하노라

[●] 1564년 잉글랜드 스트랫퍼드어폰에이번에서 태어났다. 1616년 52세의 나이로 고향에서 사망하기까지 37편의 작품을 발표했다. 그의 작품은 수많은 감정을 총망라할 뿐 아니라 인류의 역사와 철학까지도 깊이 있게 통찰한다는 평을 받고 있다.

내 처지 부끄러워

내 처지 부끄러워
헛된 한숨 지어 보고

남의 복 시기하여
혼자 슬퍼하다가도

문득 너를 생각하면
노고지리 되는고야

첫새벽 하늘을 솟는 새
임금인들 부러우리

---

* 왼편의 시는 역자가 원문에 가깝게 번역한 소네트이며, 오른편의 시는
역자가 운문한 수네트이다.

『셰익스피어 소네트』 66번

윌리엄 셰익스피어

이 모든 것에 싫증 나 나 죽음의 안식을 희구하노라
재덕(才德)이 걸인(乞人)으로 태어난 것을 보고,
공허가 화려하게 성장한 것을 보고,
순진한 신의(信義)는 불행히 기만당한 것을 보고,
찬란한 명예가 부끄럽게 잘못 주어진 것을 보고,
처녀의 정조가 무참히도 짓밟히는 것을 보고,
올바른 완성(完城)이 부당하게 욕을 당한 것을 보고,
강한 힘이 절름발이에 제어되어 무력화된 것을 보고,
예술이 권력 앞에서 벙어리가 된 것을 보고,
바보가 박사인 양 기술자를 통제하는 것을 보고,
솔직한 진실이 잘못 불리는 것을 보고,
선한 포로가 악한 적장을 섬기는 것을 볼 때,
　이 모든 것에 싫증 나 나 죽고자 하노라,
　죽는 것이 사랑을 두고 가는 것이 아니라면

그대를 두고 가지 않는다면

찬란한 명예들이
돈에 팔려 주어질 때

예술이 권력 앞에서
벙어리가 되었을 때

바보가 박사인 양
기술자를 통제할 때

이 세상 떠나고 싶다
그대를 두고 가지 않는다면

『셰익스피어 소네트』 73번

윌리엄 셰익스피어

그대 나에게서 늦가을을 보리라,
누런 잎이 몇 잎 또는 하나도 없이
삭풍에 떠는 나뭇가지
고운 새들이 노래하던 이 폐허가 된 성가대석을
나에게서 그대 석양이 서천에
이미 넘어간 그런 황혼을 보리라,
모든 것을 안식 속에 담을 제2의 죽음,
그 암흑의 밤이 닥쳐올 황혼을
그대는 나에게서 이런 불빛을 보리라,
청춘이 탄 재, 임종의 침대 위에
불을 붙게 한 연료에 소진되어
꺼져야만 할 불빛을
    그대 이것을 보면 안타까워져,
    오래지 않아 두고 갈 것을 더욱더 사랑하리라

늦은 계절

앙상한 가지들은
폐허가 된 성가대석(聖歌隊席)

밤 오면 어두울 황혼
재 위에 남은 불빛

그대 나에게서
늦은 계절 들여다보고

어느덧 두고 갈 것을
더욱 사랑하라

『셰익스피어 소네트』 104번

윌리엄 셰익스피어

아름다운 친구여, 내 생각엔 그대는 늙을 수 없는 것
같아라
내가 처음 그대의 얼굴을 봤을 때같이
지금도 그렇게 아름다워라. 추운 겨울에 세 번이나
나무숲에서 여름의 자랑을 흔들어 버렸고,
아름다운 봄이 세 번이나 황금빛 가을로 변했어라
계절의 변화를 눈여겨보았더니
사월의 향기가 세 번이나 뜨거운 유월에 불탔어라
싱싱하고 푸르른 그대를 처음 뵈온 이래로
아! 그러나 아름다움이란 해시계의 바늘처럼
그 숫자에서 발걸음도 안 보이게 도망치도다
그대의 고운 자색(姿色)도 내 변함없다고 여기지만
실은 움직이며, 내 눈이 아마 속는 것이로다
　　그 염려 있나니 너 아직 태어나지 않은 세대여,
　들으라
　　너희들이 나기 전에 미의 여름은 이미 죽었어라

미(美)는 이미 졌느니

지금도 그대 젊음
예전같이 고운지고

세 번 사월 향기
유월 볕에 세 번 타다

머문 듯 가는 것을
내 눈이라 속는 것이

들으라 후세 사람아
미는 이미 졌느니

『셰익스피어 소네트』116번

윌리엄 셰익스피어

진실한 사람들의 결혼에
방해를 용납하지 않으리라
변화가 생길 때 변하고
변심자와 같이 변심하는 사랑은 사랑이 아니로다
아, 아니로다! 사랑은 영원히 변치 않는 지표라,
폭풍을 겪고도 동요를 모르는
사랑은 모든 방황하는 배의 북두성이로다,
그 고도는 측량할 수 있어도 그 진가는 알 수 없는
사랑은 세월의 놀림감은 아니라
장밋빛 입술과 뺨은 세월에 희생되더라도,
사랑은 짧은 시일에 변치 않고
심판일까지 견디어 나가느니라
　　이것이 틀린 생각이라 증명된다면,
　　나는 글을 쓰지 않으리라, 인간을 결코 사랑하지
　않으리라

사랑만은 견디느니

변화에 변심 않고
사랑만은 견디느니

폭풍이 몰아쳐도
사랑만은 견디느니

입술빛 퇴색해도
사랑만은 견디느니

이 생각 틀렸다면
사랑하지 않으리

『셰익스피어 소네트』 130번

내 연인의 눈은 조금도 태양 같지 않아라
산호는 그녀의 입술이 붉은 것보다 더 붉고,
눈이 희다면 그녀의 가슴은 검은 편,
머리털이 금줄이라면 그녀의 머리털은 검은 실줄이라
나는 붉고도 흰 장미를 보았지만,
그녀의 뺨에서는 그런 장미를 볼 수 없어라
어떤 향수는 그녀의 입김보다도
더 좋은 냄새가 있어라
그녀의 음성을 내 사랑하지만
음악만은 못한 것을 아노라
여신(女神)이 걷는 것을 나는 못 보았거니
나의 여신은 언제나 땅을 밟도다
　　　그러나 단정코 나의 연인은
　　　그릇되게 비유된 누구보다 진귀하여라

2부

천사도 아니지만

백설이 희다면은
그의 살갗 검은 편이

그 입술 붉지마는
산호 같다 하오리오

땅 위를 걷는 그는
천사도 아니지만

거짓들 견주어 보는
누구보다 고와라

사랑이 기울 때

『천진의 노래』 — 서시(序詩)

윌리엄 블레이크˙

산골짜기 아래로 피리를 불며
기쁜 노래의 피리를 불며
구름 위의 아이를 나는 보았습니다
아이는 깔깔대며 말했습니다

"양(羊)에 대한 노래를 피리 불어요"
그래 나는 기쁜 곡조로 피리 불었습니다
"피리 아저씨, 그 노래 다시 불어요"
그래서 나는 피리 불었습니다
아이는 들으면서 울었습니다

"피리 놓고 기쁜 피리 놓고
기쁜 노래로 불어요"
그래 나는 같은 노래를 불었습니다
아이는 울면서 기뻐했습니다

"피리 아저씨, 거기 앉아서
책에 그 노래를 쓰세요, 모두 다 읽을 수 있게"
그리곤 아이는 사라졌습니다
그래서 나는 속 빈 갈대를 꺾었습니다

나는 거친 펜을 만들어

맑은 물을 적셨습니다
그리고 나의 기쁜 노래를 적었습니다
모든 아이들이 기쁘게 듣도록

• 1757년 영국 런던에서 태어났다. 어릴 때부터 비상한 환상력을 지녀
여러 체험을 했으며, 그 체험을 바탕으로 쓴 시집이 바로 『천진의 노래』이다.
『천국과 지옥의 결혼』 외 다수의 저서가 있다.

『천진의 노래』── 유모의 노래

윌리엄 블레이크

아이들의 소리가 잔디 위에서 들리고
웃음소리가 언덕에 들릴 때
내 심장은 내 가슴속에서 쉬고
모든 것이 고요합니다

"이제 집에 가자, 얘들아, 해가 졌다
그리고 밤이슬이 맺힌다
어서 어서, 장난은 그만두고 가자
아침이 하늘에 올 때까지"

"아니야 아니야, 더 놀아, 아직도 낮이야
우리는 자러 가지 않을 거야
하늘에는 작은 새들이 날고
그리고 언덕에는 양 떼들이 놀고 있는데"

"그래 그래, 가서 놀아라, 햇빛이 스러질 때까지
그리고 그때 가자"
아이들은 뛰며 소리치며 깔깔댔습니다
그리고 모든 언덕이 메아리쳤습니다

『천진의 노래』 —— 양(羊)

윌리엄 블레이크

작은 양아, 누가 너를 만드셨니?
누가 너를 만드셨는지 너는 아니?

너에게 생명을 주시고
시냇가에서, 들에서 너를 먹이시고
반짝이는 가장 보드라운 옷을 입히시고
모든 골짜기를 기쁘게 하는
그리도 연하고 고운 목소리를 너에게
주신 분이 누구신지 너는 아니?
작은 양아, 누가 너를 만드셨니?
누가 너를 만드셨는지 너는 아니?

작은 양아, 내가 알려 주마
작은 양아, 내가 알려 주마

그분은 네 이름과 같으시다
그분은 자신을 양이라고 부르신다
그분은 유순하고 온화하시다
그분은 작은 아가였다
나는 아가 그리고 너는 양
우리는 그분의 이름으로 불린다

차은 양아, 양니의 총차등!
차은 양아, 양니의 총차등!

외로운 추수꾼

윌리엄 워즈워스[●]

보아라 혼자 넓은 들에서 일하는
저 하일랜드 처녀를,
혼자 낫질하고 혼자 묶고
처량한 노래 혼자서 부르는 저 처녀를
여기에서 잠시 쉬든지 가만히 지나가라
오 들으라! 깊은 골짜기 넘쳐흐르는 저 소리를

아라비아 사막
어느 그늘에서 쉬고 있는 나그네
나이팅게일 소리 저리도 반가우리,
멀리 헤브리디스 바다
적막을 깨뜨리는
봄철 뻐꾸기 소리
이리도 마음 설레리
저 처녀 무슨 노래를 부르는지
말해 주는 이 없는가

저 슬픈 노래는
오래된 아득한 불행
그리고 옛날의 전쟁들
아니면 오늘 흔히 있는 것에 대한
소박한 노래인가

아직껏 있었고 또다시 있을
자연적인 상실 또는 아픔인가

무엇을 읊조리든
그 노래는 끝이 없는 듯
처녀가 낫 위에 허리 굽히고
노래하는 것을 보았네
나는 고요히 서서 들었네
그리고 나 언덕 위로 올라갔을 때
그 노래 들은 지 오랜 뒤에도
음악은 가슴 깊이 남아 있네

• 1770년 영국 코커머스에서 태어났다. 낭만주의 성향의 시를 즐겨 썼으며
문우 콜리지와 함께 낸 『서정담시집』은 영국 낭만파의 횃불이 되었다. 저서로
『두 권의 시집』, 『서곡』 등이 있다.

그 애는 인적 없는 곳에 살았다

윌리엄 워즈워스

그 애는 도브 강 상류(上流)
인적 없는 곳에 살았다
칭찬해 줄 사람도 없고
사랑해 줄 사람도 거의 없는 소녀

이끼 낀 돌 옆
반쯤 숨은 바이올렛같이
하늘에 홀로 비치는
고운 별같이

루시는 남모르게 살았고
언제 죽은 줄도 모른다
그러나 그 애는 무덤 속에 묻히고
아, 세상이 내게는 어쩌나 달라졌는지!

시용 성(城)에 부친 소네트

조지 고든 바이런[*]

쇠사슬에 묶이지 않는 영원한 정신이여!
감옥에서 가장 밝아지는 빛, 자유!
너 있는 곳이 심장이기에
너에 대한 사랑만이 너를 묶을 수 있는 심장
너의 아들들은 족쇄를 차고 습기 찬 햇빛 없는
어둠 속에 내던져진다
그들의 조국은 그들의 순국으로 승리하고
자유의 영예가 천지에 퍼지리라

시용— 너의 감옥은 성스러운 곳,
너의 슬픈 바닥은 제단(祭壇)—
바로 그의 발자국에 닿아,
너의 찬 보석(步石)이 잔디인 양 자국 날 때까지
보니바르가 밟았기에
누구도 이 흔적을 지우지 말라!
그것은 폭군에서 신(神)에게 호소하나니

---

[*] 1788년 영국 런던에서 태어났다. 대학 졸업 후 2년간의 유럽 여행을
바탕으로 『차일드 해럴드의 편력』을 발표, 어마어마한 찬사와 인기를 누렸다.
특유의 날카로운 풍자, 근대적인 내적 고뇌, 다채로운 서간 등은 유럽을
풍미했으며, 한국에서도 일찍부터 그의 작품이 널리 애송되었다.

그녀가 걷는 아름다움은

조지 고든 바이런

그녀가 걷는 아름다움은
구름 없는 나라, 별 많은 밤과도 같아라
어둠과 밝음의 가장 좋은 것들이
그녀의 모습과 그녀의 눈매에 깃들어 있도다
번쩍이는 대낮에는 볼 수 없는
연하고 고운 빛으로

한 점의 그늘이 더해도 한 점의 빛이 덜해도
형용할 수 없는 우아함을 반쯤이나 상하게 하리
물결치는 까만 머릿단
고운 생각에 밝아지는 그 얼굴
고운 생각은 그들이 깃든 집이
얼마나 순수히고 일마나 귀한가를 말하여 준다

뺨, 이마, 그리도 보드랍고
그리도 온화하면서도 많은 것을 알려주느니
사람의 마음을 끄는 미소, 연한 얼굴빛은
착하게 살아온 나닐을 말하여 주느니
보는 것과 화목하는 마음씨
순수한 사랑을 가진 심장

부서져라, 부서져라, 부서져라

알프레드 테니슨[*]

부서져라 부서져라 부서져라,
차디찬 잿빛 바위 위에, 오 바다여!
솟아오르는 나의 생각을
나의 혀가 토로해 주었으면

오, 너 어부의 아이는 좋겠구나,
누이와 놀며 소리치는
만(灣)에 있는 작은 배 위에서 노래하는
오, 사공의 아이는 좋겠구나

그리고 커다란 배들은 간다
저 산 아래 항구를 항해하여
그러나 그리워라 사라진 손의 감촉
더 들을 수 없는 목소리

부서져라 부서져라 부서져라,
저 바위 아래 오, 바다여!
그러나 가 버린 날의 그의 우아한 모습은
다시 나에게 돌아오지 않으리

---

* 1809년 영국 잉글랜드 랭커서의 서머스비에서 태어났다. 1828년
케임브리지대학의 트리니티 칼리지에 입학해 본격적으로 시를 공부했다.
그의 걸작 『인 메모리엄』은 먼저 세상을 떠난 친구 할람에게 바치는 애가로,
어두운 슬픔에서 신의 환희에 이르는 시인의 넋의 길을 더듬고 있다.

『인 메모리엄』 중에서

고귀한 분노를 모르는 포로를
언제라도 나는 부러워하지 않노라
조롱에서 태어나 여름 숲을 모르는
그런 새를 부러워하지 않노라

마음대로 잔인한
짐승들을 부러워하지 않노라
죄책감을 느낄 줄 모르는
양심이 없는

굳은 맹세를 해 보지 않은 마음을
나는 부러워하지 않노라
잡초 속에 고여 있는 물같이
부족을 모르는 안일을 나는 부러워하지 않노라

무어라 해도 나는 믿노니
내 슬픔이 가장 클 때 깊이 느끼나니
사랑을 히고 사람을 잃는 것은
사랑을 아니 한 것보다 낫다고

모래톱을 건너며

알프레드 테니슨

해 지고 저녁 별
나를 부르는 소리!
나 바다로 떠나갈 때
모래톱에 슬픈 울음 없기를

무한한 바다에서 온 것이
다시 제 고향으로 돌아갈 때
소리나 거품이 나기에는 너무나 충만한
잠든 듯 움직이는 조수만이 있기를

황혼 그리고 저녁 종소리
그 후에는 어둠
내가 배에 오를 때
이별의 슬픔이 없기를

시간과 공간의 한계로부터
물결이 나를 싣고 멀리 가더라도
나를 인도해 줄 분을 만나게 되기를
나 모래톱을 건넜을 때

최상의 아름다움

로버트 브라우닝●

한 해 동안의 모든 향기와 꽃은
한 마리 벌의 주머니 속에 있고
한 광산의 모든 황홀과 재산은
한 보석의 가슴속에 있고
한 진주 속에는 바다의 그늘과 광채가 들어 있다
향기와 꽃, 그늘과 빛—
황홀과 재산, 그리고— 그것들보다 더 귀한—
진실— 보석보다 더 밝은
신의— 진주보다 더 맑은
우주에서 가장 찬란한 진실, 가장 순결한 신의는
한 소녀의 키스 속에 들어 있다

● 1812년 영국 런던 교외의 캠버웰에서 태어났다. 자전적 요소와 극적
독백의 수법을 능수능란하게 활용하고 있어 그의 시는 현대의 독자들에게도
호소력 있게 다가온다. 저서로『폴린』,『리포 리피 신부』,『반지와 책』등이
있다.

피파의 노래

로버트 브라우닝

때는 봄
날은 아침
아침 일곱 시
산허리는 이슬 맺히고
종달새는 날고
달팽이는 아가위나무에서 기고
하느님 하늘에 계시옵나니
세상은 무사하여라

『포르투갈 말에서 번역한 소네트』 23번

엘리자베스 브라우닝 *

참으로 그러하리까 이 자리에 누워 내가 죽는다면
내가 없음으로 당신이 삶의 기쁨을 잃으리까
무덤의 습기가 내 머리를 적시운다고 햇빛이 당신에게
차가우리까
그러리라는 말씀을 편지로 읽을 때
나는 임이여 놀랬나이다 나는 그대의 것이외다
그러나 임께야 그리 끔찍하리까
나의 손이 떨리는 때라도 임의 술을 따를 수 있사오리까
그렇다면 나의 영혼은 죽음의 꿈을 버리옵고
삶의 낮은 경지를 다시 찾겠나이다
사랑! 나를 바라보소서 나의 얼굴에 더운 숨결을 뿜어
주소서
사랑을 위하여 재산과 계급을 버리는 것을
지혜로운 여성들이 이상히 여기지 않듯
나는 임을 위하여 무덤을 버리오리다
그리고 눈앞에 보이는 고운 하늘을
당신이 있는 이 땅과 바꾸오리다

---

* 1806년 영국 더럼 근교에서 태어났다. 39세 때 시인 로버트 브라우닝과
결혼했으며, 『포르투갈 말에서 번역한 소네트』는 역시(譯詩)를 가장해 남편에
대한 애정을 솔직하게 노래한 작품이다. 저서로 『오로라 리』, 『캐서귀디의 창』
등이 있다.

도버 해변

매슈 아널드[*]

바다는 오늘 밤 고요하고
만조된 해협 위에 달이 아름답다
프랑스 해안에는 등불이 보이더니 꺼지고
잉글랜드의 절벽은 훤한 빛을 발하며 거대하게
저 평온한 만(灣)에 솟아 있다
창가로 오라, 밤공기가 맑으니

바다가 달빛에 희어진 육지를 만나는
물보라의 긴 선으로부터 들어라
다만 물결이 나갔다가 다시 들이칠 때
높은 해안 위로 자갈을 밀어 올리는 소리를,

느리고 떨리는 억양으로
시작했다가는 그치고
이어 또다시 시작하는,
그리하여 슬픔의 영원한 음조를 전하는 것을

옛날 소포클레스도
에게 해(海)에서 저 소리를 들었다
그리고 그 소리는 그의 마음속에
인생의 혼탁한 썰물과 밀물을 가져왔다
우리도 저 소리 속에서 한뜻을 발견한다
이 먼 북쪽 바닷가에서 저 소리를 들으며

신앙의 바다도
한때 만조되어 이 지구 해변 둘레에
접어 놓은 찬란한 허리띠처럼 누워 있었다
그러나 지금 내가 듣는 것은 다만
밤바람 숨결에 밀려
저 광막한 지구 끝으로
지구의 벌거벗은 자갈 위로 물러가는
우울하고 긴 퇴조의 울음

오 사랑아, 진실하자 우리는 서로
꿈나라같이 우리 앞에 놓여 있는 이 세상은
그렇게 다양하게, 아름답게, 새롭게 보이지만
사실은 기쁨도 사랑도 광명도 없고
신념도 평화도 고통을 구할 길이 없나니
그리고 우리들이 있는 이 세상은
밤에 무지한 군대들이 충돌하는 곳,
싸움과 도주의 혼란한 아우성에 휩쓸리는
어두운 광야와도 같고나

● 1822년 영국에서 태어났다. 시인이자 비평가로 1857년 옥스퍼드대학의
교수로 임명되어 10년간 재직하며 문학비평 분야에서 많은 업적을 남겼다.
저서로 『시집』, 『비평시론』, 『교양과 무질서』 등이 있다.

병사(兵士)

루퍼트 브룩[•]

내가 죽는다면 이것만은 생각해 주오
이국땅 들판 어느 한곳에
영원히 영국인 것이 있다는 것을
기름진 땅속에 보다 더 비옥한
한 무더기 흙이 묻혀 있다는 것을
영국이 잉태하고 모양을 만들고 의식을 넣어 준
일찍이 사랑할 꽃을 주고 거닐 길을 주고
고국 태양의 축복을 받은 몸이 있다는 것을

그리고 생각해 주오
승화된 심상, 영원한 마음의 한 맥이
영국이 준 사상(思想)을 받은 것 못지않게
어디엔가 옮겨 준다는 것을,
영국의 풍경과 음향,
영국의 태양같이 행복스러운 꿈,
그리고 친구에게서 배운 웃음,
영국 하늘 아래 평화로운 가슴속에 깃든 우아함을

• 1887년 영국 럭비에서 태어났다. 1차 세계대전에 참전했다가 그리스에서 병사했다. 저서로 『1914년』, 『미국으로부터의 편지』 등이 있다.

이니스프리의 섬

윌리엄 버틀러 예이츠[•]

나 지금 일어나 가려네. 가려네, 이니스프리로
거기 싸리와 진흙으로 오막살이를 짓고
아홉 이랑 콩밭과 꿀통 하나
그리고 벌들이 윙윙거리는 속에서 나 혼자 살려네

그리고 거기서 평화를 누리려네, 평화는 천천히 물방울
같이 떨어지리니
어스름 새벽부터 귀뚜라미 우는 밤까지 떨어지리니
한밤중은 훤하고 낮은 보랏빛
그리고 저녁때는 홍방울새들의 날개 소리

나 일어나 지금 가려네, 밤이고 낮이고
호수의 물이 기슭을 핥는 낮은 소리를 나는 듣나니
길에 서 있을 때 나 회색빛 포도(鋪道) 위에서
내 가슴 깊이 그 소리를 듣나니

[•] 1865년 아일랜드 더블린 샌디마운트에서 태어났다. 아일랜드 문예부흥과
독립운동에 참여했으며 『오이진의 방랑기』, 『캐서린 백작부인』, 『환상』 등의
작품을 남겼다. 1923년 노벨문학상을 수상했다.

하늘의 고운 자락

윌리엄 버틀러 예이츠

금빛 은빛 섞어 짠
하늘의 고운 자락 내 가졌다면
밤과 낮과 황혼의
푸르고 어슴푸레하고 때로 어두운
그 채단, 가시는 길 위에 깔으리다
그러나 내 가난하여 가진 것은 꿈뿐,
나의 꿈 임의 발 아래 깔았습니다
사뿐히 밟고 가시옵소서
내 꿈 위를 걸으시오니

낙엽

월리엄 버틀러 예이츠

가을이 정답던 나무에 왔다
그리고 보릿단 속의 쥐에게도 빛이 변하였다
머리 위에 늘어진 마가목 나무 잎들 누레지고
축축한 산딸기 잎도 노란빛이 되었다

사랑이 기울 때가 닥쳐왔다
이제 우리의 슬픈 마음은 몹시 지쳤다
헤어지자 지금, 정열이 우리를 저버리기 전에
너의 수그린 이마에 키스와 눈물을 남기고

수양버들 정원에서

윌리엄 버틀러 예이츠

수양버들 정원에서 그녀와 나 만났노라
그녀는 눈같이 흰 발로
수양버들 정원을 지나갔노라
나무에 나뭇잎 자라나듯이
사랑을 누리라고
그때 나는 젊고 철없어 그녀의 말 듣지 않았노라

강변 밭 속에서 그녀와 나 섰었노라
그녀는 눈같이 흰 손을
내 어깨 위에 얹고선
봇둑에 풀잎이 자라나듯이
인생을 수월히 살라고

그때 나는 젊고 철없어
지금 눈물 많아라

그는 커류*를 나무라다

윌리엄 버틀러 예이츠

커류야 우지 마라 중천(中天)에서,
울려거든 서해 바다에서나 울려무나
네 울음소리를 들을 때면
정열에 흐린 눈과
내 가슴 위에 흩어져 있었던
길 같은 머리를 생각게 하나니,
바람 소리만도
마음을 아프게 하거든

---

* 도요새.

굳은 맹세

다른 이들 나의 임 되어 오다
너 굳은 맹세를 저버림이라
허나 내 죽음을 들여다볼 때
잠의 높은 고비를 올라갈 때
술에 취했을 때
갑자기 너의 얼굴 마주친다

콩코드 찬가(讚歌)

— 1837년 7월 4일 전쟁기념비 건립식에서

랠프 월도 에머슨[*]

냇물 위로 휘어진 허름한 다리 옆에서
그들의 깃발은 사월 미풍에 날리었다
여기 예전에 농부들이 진을 치고
그늘이 쏜 총소리는 온 세계에 울리었다

적(敵)은 그 후 오래 고요히 자고 있다
승리자도 고요히 자고 있다
그리고 세월은 낡아 무너진 그 다리를
바다로 가는 어두운 물결에 쓸어 버렸다

이 푸른 언덕 위에 이 고요한 시냇가에
오늘 우리는 기념비를 세우노라
선조들과 같이 우리 자손들도 간 뒤에
기념비가 그 공적에 보답할 수 있도록

그 용사들로 하여금 용감하게 죽게 하시고
그들의 자손이 자유를 누리도록 하신 신이여,
세월과 자연에게 길이 아껴라 하옵소서
그들과 당신에게 드리는 이 비석을

---

[*] 1803년 미국 보스턴의 목사 집안에서 태어났다. 하버드대학 신학부를
졸업하고 목사가 되었으나, 그의 자유스러운 입장에 대한 교회의 반발로
1832년 사임했다. 이후 동양철학의 영향을 받아 초절주의 운동을 펼쳐 이
운동의 선구자가 되었다. 저서로 『자연론』, 『대표적 위인론』 등이 있다.

나는 미(美)를 위하여 죽었다

에밀리 디킨슨[*]

나는 미를 위하여 죽었다
무덤에 적응하기도 전에
옆방에 진리를 위하여 죽은 사람이 실려 왔다

"무엇 때문에 죽었느냐" 그는 가만히 물었다
"미를 위하여" 대답하니
"나는 진리를 위하여, 둘은 같은 것, 우리는 형제요"

그러고는 친척같이 밤을 보내고
우리는 방을 사이에 두고 이야기했다
이끼가 두 사람 입술에 닿아
두 사람의 이름[**] 덮을 때까지

---

[*] 1830년 미국 매사추세츠주 애머스트에서 태어났다. 운율과 문법에서의
파격적인 면모로 19세기에서는 인정받지 못했으나 20세기 들어 이미지즘이나
형이상학적인 시의 유행과 더불어 높이 평가받았다. 사후에 하버드대학에서
『전시집』(3권), 『전서간집』(3권)이 출간되었다.
[**] 비석에 새겨진 이름.

나 황야를 본 적이 없다

에밀리 디킨슨

나는 황야를 본 적이 없다
바다를 본 적도 없다
그러나 히스가 어떻게 피고
파도가 어떤 것인지 안다

나는 하느님과 이야기한 일이 없다
천국에 가 본 적도 없다
그러나 나는 그 장소를 확실히 안다
마치 지도를 가진 것처럼

이름 없는 귀부녀

크리스티나 로세티[*]

훗날에 사람들은 당신을 말하기를
"그는 그 계집을 사랑했느니"
그러나 나를 무어라 말하오리까
한가한 부녀들이 치레 삼아 하는 것같이
나의 사랑은 장난에 지나지 않았다 하오리다

말하고 싶은 대로 하라 하십시오
사랑, 가슴 아픈 이별을
다시 만날 수 없는 이별
땅 위에서 희망이 없고 하늘을 믿을 수 없음을

우리는 알아도 남들은 모르나니
그러나 당신이 헛되이 하지 못할
나의 사랑, 떠나는 사랑
그러나 주검의 문을 거쳐
다시 당신을 찾아갈 나의 사랑
숨김없이 드린 내 사랑의 심장으로
당신을 걸어 최후 심판에
나의 사랑이 순간이 아니요 생명인 것을
밝히어 달라 청하오리다

● 1830년 영국 런던에서 태어났다. 첫 시집이자 가장 유명한 시집인『고블린
시장과 기타 시들』로 많은 비평적 찬사를 받으며 당대 주요 여류 시인의
반열에 올랐다. 저서로『왕자의 순력』,『신작 시집』등이 있다.

내가 죽거든 임이여

내가 죽거든 임이여
나를 위하여 슬픈 노래를 부르지 마소서
나의 머리맡에다
장미나 그늘지는 사이프러스를
심지 마소서

내리는 소낙비와 이슬에 젖어
내 위에 푸른 풀이 돋게 하소서
그리고 생각하시려거든 하시옵소서
잊으시려거든 잊으옵소서

나는 그림자들을 보지 못하고
비 오시는 줄도 모르오리다
가슴 아픈 듯이 우짖는 나이팅게일의 울음소리도
나는 못 들으오리다

피지도 않고 지지도 않는
황혼에 꿈을 꾸면서
어쩌면 추억하리다
어쩌면 잊으오리다

올라가는 길

크리스티나 로세티

저 길은 산허리로 굽어 올라가기만 하나요
그래요 저— 끝까지
하루 온종일 가야만 될까요.
벗이여 새벽부터 밤까지 걸리오리다

그러나 밤이 되면 쉴 곳은 있을까요
어슴푸레 밤이 들면 집 한 채 있으오리다
어두워 그 집을 지나치지나 않을까요
그 주막 못 찾을 리는 없으오리다

밤이 되면 다른 길손들도 만날 수 있을까요
그대보다 먼저 떠난 길손들을 만나오리다
그렇다면 문을 두드리고 불러야지요
그들은 당신을 문밖에 세워 두지 않으오리다

길에 지쳐 고달픈 몸이 안식을 얻을 수 있을까요
애쓰고 간 번해*가 있으오리다
나를 위하여 그리고 모든 구하는 사람을 위하여
누울 자리들이 있을까요
그럼요 찾아오는 모든 사람을 위하여
누울 자리가 있으오리다

 • 노동의 대가를 의미하는 단어로 추측된다.

수련(睡蓮)

그대가
그늘진 오후
호수 위에 떠 있는
수련을 잊었다면,
만약에 그대가 물에 젖은
졸음 낀 향기를 잊었다면,
겁내지 말고 돌아오라

그러나 그대
그것들을 기억하고 있다면
연못이 아니 보이는 평원으로 고원으로
영원히 돌아서라
거기서 그대는 꽃잎 오므리는 수련 위에
어두움을 모르고,
산들의 그림자는 그대의 가슴을 아프게 하지 않으리니

1884년 미국 세인트루이스에서 태어났다. 섬세하고 감미로운 서정시로
널리 사랑받았으나 만성적인 신경쇠약을 비관해 1933년 스스로 목숨을
끊었다. 저서로 『두스에게 보내는 소네트 외』, 『사랑의 노래』, 『별난 승리』
등이 있다.

잊으시구려

사라 티즈데일

잊으시구려 꽃이 잊혀지는 것같이
한때 금빛으로 노래하던 불길이 잊혀지듯이
영원히 영원히 잊으시구려
시간은 친절한 친구. 그는 우리를 늙게 합니다

누가 묻거든 잊었다고
예전에 예전에 잊었다고,
꽃과 같이 불과 같이 오래전에 잊혀진
눈 위의 고요한 발자국같이

별

사라 티즈데일

나 혼자 이 밤
어두운 산 언덕에 서다
향기롭고 고요한 소나무들이
나를 에워싸고
머리 위 하늘에는
별들이 총총하다
흰색, 황옥색 그리고 물기 어린 붉은색

맥박이 뛰는
수억의 타는 심장
수겁(數劫)의 세월도
괴롭히거나 지치게 하지 못하는

산과 같이
웅장한 둥근 하늘에서
행진하는 별들을 나는 본다
장엄하고 고요한,

그리고 나는 아느니
저리도 장엄한 광경을
목격하는
이 영광을

룰어서리다

돌아가리라〔歸去來辭〕

도연명*

돌아가리라
전원은 황폐해 가는데
내 어이 아니 돌아가리
정신을 육체의 노예로 만들고
그 고통을 혼자 슬퍼하고 있겠는가
잘못 들어섰던 길 그리 멀지 않아
지금 고치면 어제의 잘못을 돌이킬 수 있으리다
배는 유유히 흔들거리고
바람은 가볍게 옷자락을 날린다
지나가는 사람에게 길을 묻고
새벽빛이 희미한 것을 원망하다
나의 작은 집을 보고는
기뻐서 달음질친다
머슴아이가 반갑게 나를 맞이하고
어린 자식은 문 앞에서 기다린다

세 갈래 길에는
소나무와 국화가 아직 살아 있다
아이들 손을 잡고 집 안에 들어서니
병에 술이 채워져 있다
나는 혼자 술을 따라 마신다
뜰의 나무들이 내 얼굴에 화색이 돌게 한다

남창(南窓)을 내다보고 나는 느낀다
작은 공간으로 쉽게 만족할 수 있음을
매일 나는 정원을 산책한다
사립문이 하나 있지만 언제나 닫혀 있다
지팡이를 끌며 나는 걷다가 쉬고
가끔 머리를 들어 멀리 바라다본다
구름은 무심하게 산을 넘어가고
새는 지쳐 둥지로 돌아온다

고요히 해는 지고
외로이 서 있는 소나무를 어루만지며
나의 마음은 평온으로 돌아오다

돌아가자
사람들과 만남을 끊고
세속과 나는 서로 다르거늘
다시 수레를 타고 무엇을 구할 것인가
고향에서 가족들과 소박한 이야기를 하고
거문고와 책에서 위안을 얻으니
농부들은 지금 봄이 왔다고
서쪽 들판에 할 일이 많다고 한다
나는 어떤 때는 작은 마차를 타고

어떤 때는 외로운 배 한 척을 젓는다

고요한 시냇물을 지나 깊은 계곡으로 가기도 하고
거친 길로 언덕을 넘기도 한다
나무들은 무성한 잎새를 터뜨리고
시냇물은 조금씩 흐르기 시작한다
나는 자연의 질서 있는 절기를 찬양하며
내 생명의 끝을 생각한다

모든 것이 끝난다
우리 인간에게는
그렇게도 적은 시간이 허용되어 있을 뿐
그러니 마음 내키는 대로 살자
애를 써서 어디로 갈 것인가?
나는 재물에 욕심이 없다
천국에 대한 기대도 없다

청명한 날 혼자서 산책을 하고
등나무로 만든 지팡이를 끌며
동산에 올라 오랫동안 휘파람을 불고
맑은 냇가에서 시를 짓고
이렇게 나는 마지막 귀향할 때까지

하늘의 명을 달게 받으며
타고난 복을 누리리라
거기에 무슨 의문이 있겠는가

● 365년 장시성 주장현의 남서 시상에서 태어났다. 405년에 팽택의 수령이
되었지만 80여 일 뒤 「돌아가리라」를 쓰고는 고향으로 돌아갔다. 기교를
그다지 부리지 않고 평담한 시풍이라 당대에는 경시 받았으나 이후에는
6조(六朝) 최고의 시인으로 평가받았다.

전원(田園)으로 돌아와서

도연명

젊어서부터 속세에 맞는 바 없고
성품은 본래 산을 사랑하였다
도시에 잘못 떨어져
삼십 년이 가 버렸다
조롱 속의 새는 옛 보금자리 그립고
연못의 고기는 고향의 냇물 못 잊느니
내 황량한 남쪽 들판을 갈고
나의 소박성을 지키려 전원으로 돌아왔다
네모난 택지(宅地)는 십여 묘(畝)
초옥에는 여덟, 아홉 개의 방이 있다
어스름 어슴푸레 촌락이 멀고
가물가물 올라오는 마을의 연기
개는 깊은 구덩이에서 짖어 대고
닭은 뽕나무 위에서 운다
집안에는 지저분한 것이 없고
빈방에는 넉넉한 한가로움이 있을 뿐
긴긴 세월 조롱 속에서 살다가
나 이제 자연으로 다시 돌아왔도다

음주(飮酒) ― 제5수

도연명

사람들이 많이 사는 곳에
작은 집 한 채를 마련한다
그러나 마차나 말 울음소리는 없다
그럴 수가 있냐고 물을 것이다
마음이 떨어져 있으면 땅도 자연히 멀다
동쪽 울타리 아래서 국화를 자르다가
유연히 남산을 바라본다
산 공기가 석양에 맑다
날던 새들 떼 지어 제집으로 돌아온다
여기에 진정한 의미가 있느니
말하려 하다 이미 그 말을 잊었노라

손님[客]

두보[*]

우리 집 남쪽, 북쪽
다 봄물이다
갈매기 날마다 떼 지어 올 뿐
꽃잎 덮인 길
쓴 적이 없더니
그대를 맞으려 싸리문을 열었네
찬거리 사기에는
장이 너무 멀어
가난한 내 집에는 탁주가 있을 뿐
울타리 너머
옆집 늙은이도 오라고 할까?

---

[*] 712년 허난성의 궁현에서 태어났다. 널리 인간의 심리와 자연의 사실
가운데 그때까지 발견하지 못했던 새로운 감동을 찾아내어 시를 지었다.
작품으로 「북정」, 「추흥」, 「삼리삼별」 등이 있다.

절구(絶句)

두보

강이 푸르름에 새가 더욱 희고
산이 푸르름에 꽃이 더욱 불타다
이 봄도 지나가니 언제 고향에
돌아갈 수 있을지

노래

요사노 아키코[•]

창백한 슬픔마저 섞여 짜여서
더욱 아름다워진 사랑의 빛깔

• 1878년 일본 사카이시에서 태어났다. 학교 졸업 후, 가게에서 심부름을
하며 독학으로 문학을 공부했다. 첫 시집 『헝클어진 머리칼』을 내고 호평을
받았고 환상적이며 재치가 번뜩이는 시상은 현란한 어휘와 더불어 독자적인
시풍을 형성했다. 시와 함께 소설과 동화도 썼다.

노래

이시카와 다쿠보쿠*

헤어지고 와서
해가 갈수록
그리운 그대

이시가리(石狩) 시외에 있는
그대의 집
사과나무 꽃이 떨어졌으리라

긴긴 편지
삼 년 동안 세 번 오다
내가 쓴 것은 네 번이었으리

* 1886년 일본 이와테현에서 태어났다. 1905년 첫 시집 『동경』을 출간했으나
생활이 몹시 어려워 아내가 딸을 데리고 가출한다. 죽을 때까지 궁핍한
생활로 고통 받았으며 폐결핵으로 26세에 세상을 떠났다. 사후에 『슬픈
장난감』이 출간되었다.

백조(白鳥)

와카야마 보쿠스이*

백조는 어이 슬프지 않으리
하늘의 푸르름 바다의 푸르름에도
물 아니 들고 떠 있네

---

* 1885년 일본에서 태어났다. 자연주의 사조에 영향을 받은 청신한
시풍으로 주목을 받았고 시단에 획을 그었다. 저서로『바다의 목소리』,『이별』
등이 있다.

『기탄잘리』[*] 36번

라빈드라나트 타고르[**]

이것이 주님이시여, 저의 가슴속에 자리 잡은 빈곤에서
드리는 기도입니다
　기쁨과 슬픔을 수월하게 견딜 수 있는 그 힘을 저에게
주시옵소서
　저의 사랑이 베풂 속에서 열매 맺도록 힘을 주시옵소서
　결코 불쌍한 사람들을 저버리지 않고 거만한 권력 앞에
무릎 꿇지 아니할 힘을 주시옵소서
　저의 마음이 나날의 사소한 일들을 초월할 힘을
주시옵소서
　저의 힘이 사랑으로 당신 뜻에 굴복할 그 힘을 저에게
주시옵소서

---

[*]　노래로 바치는 제물.

[**]　1861년 인도 콜카타에서 태어났다. 초기 작품은 유미적이었으나 아내와
딸의 죽음을 겪고 종교적인 색채가 강해졌다. 시집 『기탄잘리』로 아시아인
최초로 노벨문학상을 수상했다.

『기탄잘리』 60번

라빈드라나트 타고르

    무한한 세계의 바닷가에 아이들이 모입니다 끝없는
하늘은 머리 위에 고요하고 뒤척이는 바닷물은
소란스럽습니다 무한한 세계의 바닷가에 아이들이 소리치며
춤추며 모입니다
    아이들은 모래로 집을 짓고 조개껍질을 가지고 놉니다
마른 나뭇잎으로 배를 만들어 넓은 바다로 웃으면서 띄워
보냅니다 아이들은 세계의 바닷가에서 장난을 합니다
    아이들은 헤엄칠 줄을 모릅니다 그물을 던질 줄도
모릅니다 진주잡이는 진주를 캐러 물속으로 뛰어들어
갑니다 장사꾼들은 배를 타고 갑니다 아이들은 조약돌을
주웠다가 다시 흩트려 놓습니다 아이들은 숨은 보배를 찾지
않습니다 그물을 던질 줄 모릅니다
    바다는 웃음으로 소리치고, 하얀 미소로 해변은 빛납니다
사람에게 죽음을 가져오기도 하는 파도는 아이들에게
뜻 모를 노래를 웅얼댑니다 갓난아기의 요람을 흔드는
엄마와도 같이 바다는 아이들과 놀고 해변의 미소는 하얗게
빛납니다
    무한한 세계의 바닷가에 아이들이 모였습니다 폭풍은
허공에서 소리치고 멀리 죽음 있어도 아이들은 놉니다
무한한 세계의 바닷가에는 아이들의 크나큰 모임이
벌어집니다

무한한 세계의 바닷가에 아이들이 모였습니다 폭풍은
허공에서 소리치고 멀리 죽음 있어도 아이들은 놉니다
무한한 세계의 바닷가에는 아이들의 크나큰 모임이
벌어집니다

날던 새들 떼 지어 제집으로 돌아온다

김우창(문학평론가)

시의 호소력이 산문으로 설명할 수 있는 의미에 한정될 수
없는 것임은 일반적으로 인정되어 있는 일이다. 시는 의미를
전달하기 전에 전달한다. 시는 언어의 예술이다. 그러나 시의
언어는 설명으로 쉽게 포착할 수 없는 언어의 여러 숨은 힘을
빌려 쓴다. 의미를 넘어서서 언어의 미묘한 음악과 희미한 연상과
심상이 중요하다. 그러면서도 이러한 것들은 특정한 언어와 그
언어와 함께 있는 문화에 밀착되어 존재한다. 그리하여 하나의
언어에서 다른 언어로 시를 옮기는 것은 불가능하다고 한다.

그러나 다른 한편으로 시가 의미 전달을 넘어서 존재한다면
그것은 역시 의미 전달을 그 기능으로 하는 언어, 즉 특정한
언어를 넘어서 존재한다는 말이 된다고 할 수도 있다. 시의
숨은 힘인 음악과 심상과 연상은 특정한 말에 밀착해 있으면서
궁극적으로 그것마저도 넘어서는 무엇인가를 가리키는 작용을
하는 것이다.

시가 특정한 언어와 불가분의 것이라고 하더라도, '시적인
것'은 그것을 넘어서 존재하는 것으로 생각할 수 있다. 심지어
그것은 구체적인 시를 넘어서 존재하는 것이지도 모른다. 우리가
어떤 일을 두고 '시적'이라고 할 때, 시를 많이 읽었든 아니
읽었든 사람들은 그것이 무엇을 뜻하는 것인가를 안다. 또는
우리는 어떤 구체적인 시를 읽기 전에 '시적인 것'에 대한 기대를
가지고 시를 대하고, 그가 이 기대에 미치지 못함을 경험한다.
어쩌면 우리의 구체적인 시의 경험은 필연적으로 '시적인 것'에
대한 기대에 못 미치는 것이다. 우리는 시를 읽기 전에도 그것을

넘어서 시를 알고 있는 것이다. 그것은 마음속에 있고 어쩌면 마음 그 자체의 한 면이라고 할 수 있다. 시의 음악과 심상과 연상이 지칭하는 것은 이 마음의 시 또는 시의 마음이다.

다시 말하여, 시는 표현 이전에 마음으로 존재한다. 문심(文心) 또는 시심(詩心)이라는 말이 있지만, 시의 언어적 표현은 이 마음의 나타남에 불과하다고 하겠는데, 시는 뜻을 말하는 것이라는 것도 이를 가리키는 것이라고 말할 수 있다. 시는 시심의 표현이다. 그 마음은 스스로 따로 존재하기보다는 사물에 감응하여 존재한다. 시는 마음의 어떤 특정한 존재 방식이고 동시에 사물의 특정한 존재 방식이다.

이렇게 볼 때 시는 하나의 언어에서 또 하나의 언어로 옮기기 쉬운 것이라고 위에서 말한 것과는 다른 주장을 펼 수도 있다. 다만 그것은 시심에 의하여 매개되어야 한다. 옮기는 일은 한 언어에서 다른 언어에게로 가는 것이 아니라, 하나의 언어에 있어서의 표현을 시심으로 환원하고 이 시심으로부터 다른 언어로 다시 창조하는 일이다. 모든 시가 그러한 것은 아니겠고 나의 짧은 지식으로 예들을 널리 생각할 수는 없지만, 어떤 시들은 한 언어로부터 다른 언어로 옮겨져서 옮겨간 언어 속에 그대로 자리해 버리는 경우가 없지 아니할 성싶다.

영국 시에 있어서는 페르시아의 시인 오마르 하이얌의 시가 번역되어 거의 영시의 일부가 된 것과 같은 경우는 한 두드러진 예이다. 물론 유대 성경에 들어 있는 시 또는 성경 전체가 더욱 좋은 예라고 할 수 있을런지는 모르겠다. 조선 시대의 두보 시 번역 같은 것도 조선 시의 일부를 이룰 수 있었을 성싶지만, 그것이 우리 시의 전개에 적극적으로 수용되었던 것은 아니었던 것 같다.

그러나 지금에라도 참으로 좋은 번역은 그대로 우리 시의 일부가 되고 아니면 적어도 그것을 살찌게 할 밑거름이 될 수 있는 것이 아닌가 한다. 이번의 금아(琴兒) 선생의 시 번역과 같은

것이 거기에 하나의 중요한 공헌이 될 것이다. 이 번역 시집은
그 번역의 대상을 동서고금에서 고른 것이지만, 번역된 시들은
번역으로 남아 있기보다는 우리말 시가 됨을 목표로 한다.

아마 번역의 대상이 유독 그러한 것으로 골라진 것이겠지만,
이들 시에서 우리가 느끼는 것은 특정 언어를 넘어서는 보편적
시심의 존재이다. 그것은 원시에도 존재하며 또 우리말로 옮겨진
후에도 재창조된 언어 속에 존재한다.

보편적 시심이 있다고 한다면, 그것은 어떤 것일까.

> 한 해 동안의 모든 향기와 꽃은
> 한 마리 벌의 주머니 속에 있고
> 한 광산의 모든 황홀과 재산은
> 한 보석의 가슴속에 있고
> 한 진주 속에는 바다의 그늘과 광채가 들어 있다
> ──「최상의 아름다움」에서

이러한 구절에서 우리는 향기와 감미와 광채와 그늘이 시적인
상상력에 특별한 호소력을 가지고 있음을 알 수 있다. 이러한
것들은 특별히 압축된 형식으로 나타나 시적인 아름다움을
가진 것이 된다. 그러한 의미에서 광산의 황홀과 재산을
압축하여 단단하고 빛나는 것으로 지니는 보석은 대표적인 시적
이미지이다. 이것은 시의 형태적 특징에도 그대로 나타난다. 시는
대체로 산문에 비하여 짧다. 그것은 압축된 언어이다. 이것은
서정시를 두고 하는 말이지만, 장시(長詩)에 있어서도 시는 그것이
시로 남아 있는 한, 마디마디가 압축된 언어일 수밖에 없다.

압축이 빛나는 것과 중첩되는 것은 특별한 의미를 갖는다.
압축하는 방법은 농도를 높이는 일일 수도 있고 투명하게 하여
작은 것 가운데 많은 것을 비치게 하는 일일 수도 있다. 보석은
높은 압력 속에서 만들어지며 빛을 반사하고 빛의 밝기는

넓은 세계를 끌어들인다. 그러나 시에서 더 많이 보는 것은 서로 비치는 반사의 방법일 것이다. 맑은 것들, 특히 맑은 물의 이미지가 중요한 것은 그러한 연유에서일 것이다.

하여튼 시의 마음은 강렬한 것을 추구하며 동시에 투명한 것에 끌린다. 이것들은 합치기도 하고 또는 서로 별개의 것으로, 서로 모순되는 것으로 쪼개어 나타나기도 한다. 그러나 아무래도 더 근본적인 것은, 위에 인용한 구절에서의 압축의 중요성에도 불구하고, 투명한 것일 가능성이 크다. 시는 아무리 강렬한 것들을 표현한다고 하더라도 결국은 언어의 직조물을 바라보는 관조의 눈을 전제로 하기 때문이다.

그런 의미에서 생각에 사특한 것이 없는 것이 시의 마음이란 말은 옳은 말이다.

> 나는 샘물을 치러 가련다
> 나뭇잎들만 건져내면 된다
> 그리고 물이 맑아지는 것을 들여다보련다
> ──「목장」에서[*]

이러한 간단한 동작의 묘사에서 핵심이 되는 것은 샘물이고, 이 샘물── 맑아지는 샘물의 투명성에서 독자는 맑아지는 마음과 세상을 느낀다. 그것이 이러한 묘사의 신선함의 비밀이다.

별의 이미지는 종종 압축을 말하는 것인지 어떤 조용한 투명성을 말하는 것인지 분명치 않다. 「그 애는 인적 없는 곳에 살았다」에서 인적 없는 곳의 소녀가 "이끼 낀 돌 옆/ 반쯤 숨은 바이올렛같이/ 하늘에 홀로 비치는/ 고운 별"에 비유될 때, 별은 압축의 심상이기보다는 빛남과 맑음의 심상이다.

---

[*] 프로스트의 시. 「목장」은 『내가 사랑하는 시』에 수록되었으나 『착하게 살아온 나날』에서는 제외되었다.

시의 압축되고 투명한 마음의 변조는 다양하다. 『셰익스피어
소네트』 29번을 종결하는 이미지는 임금의 영화도 부럽지 않은
노고지리의 비상이다. "첫", "새벽", "하늘"은 모두 다 신선한
것들이다. 이 가운데 종다리의 솟구침은 다른 것이 끼어들 수
없는 일체의 움직임을 말한다. 이러한 이미지들에서 우리가
느끼는 것은 생명의 싱싱한 발현이다.

그러나 압축은 보다 밀도가 약한 상태로의 변조일 수도
있다. 시는 이미지들의 병존으로 우리의 마음을 이끌어 간다.
이 병존은 이미지들의 단순한 병존일 수도 있지만, 대체로는
일정한 구도를 이루게 마련이다. 시가 하는 일은 공간의 창조이다.
이러나저러나 시나 미술에서 풍경은 가장 중요한 예술적 지각의
결과이다. 「그 애는 인적 없는 곳에 살았다」는 하나의 풍경 속에
있는 소녀의 초상이다. 또 같은 시인의 「외로운 추수꾼」은 더욱
적극적으로 풍경의 느낌을 준다.

> 보아라 혼자 넓은 들에서 일하는
> 저 하일랜드 처녀를,
> 혼자 낫질하고 혼자 묶고
> 처량한 노래 혼자서 부르는 저 처녀를
> ——「외로운 추수꾼」에서

이 시의 처녀는 가을의 들에 있다. 그런데 그녀의 노래는 또
다른 풍경, 또 다른 공간을 연다.

> 아라비아 사막
> 어느 그늘에서 쉬고 있는 나그네
> 나이팅게일 소리 저리도 반가우리,
> 멀리 헤브리디스 바다
> 적막을 깨뜨리는

봄철 뻐꾸기 소리
이리도 마음 설레리
　　　　　　　　　—「외로운 추수꾼」에서

　하일랜드 처녀가 환기하는 고장은 아라비아나 헤브리디스
같은 황량한 곳이다. 하일랜드의 넓은 들도 그러하다. 그러면서도
그녀의 노래는 황량한 곳을 환기하며 그것에 기쁨이나 슬픔 또는
인간적 존재의 초점을 제공한다. 드러나는 것은 단순한 공간이
아니다. 그것은 삶의 한 방식으로서의 공간이다. 처녀의 생생한
삶은 황량한 공간을 하나의 의미 속에 거두어들인다. 이것은
바로 노래가 하는 일이기도 하다. 삶의 근본이 시의 근본과 다른
것이 아니라고 할 때 그것은 당연한 일이다. 거두어들이는 것이
모두 아름다운 것은 아니다. 이미 본 바와 같이 환기된 고장들은
황량한 곳이다. 그런 데다가 노래—아름다우면서도 슬픈
노래는 "오래된 아득한 불행/ 그리고 옛날의 전쟁들"을 오늘의
일상적인 것들과 함께— 이 일상적인 것은 자연적인 상실과
아픔을 포함한다— 거두어들인다. 처녀의 생생한 삶과 노래에
거두어들임으로써 황량한 공간, 전쟁과 아픔, 오늘의 삶과 옛날의
추억은 아름다움으로 승화된다.
　시의 거두어들임은 이렇게 힘과 불행, 나쁜 것과 좋은 것을
포함한다. 그리하여 아름다움은 밝음과 함께 어둠을 지녀서 더욱
아름답다. 낭만적 상상력에서 가장 아름다운 여자는 어둠과
밝음을 동시에 지닌다.

　　　그녀가 걷는 아름다움은
　　　구름 없는 니리, 별 많은 밤과도 같아라
　　　어둠과 밝음의 가장 좋은 것들이
　　　그녀의 모습과 그녀의 눈매에 깃들어 있도다
　　　　　　　　　—「그녀가 걷는 아름다움은」에서

「그녀가 걷는 아름다움은」의 시인보다 약 칠십 년 뒤에
온 또 다른 시인도 시인의 꿈이 "밤과 낮과 황혼의/ 푸르고
어슴푸레하고 때로 어두운/ 그 채단"과 비슷함을 말한다.

이러한 채단은 문자 그대로 세상이 명암으로 이루어졌으며,
그러기에 아름다운 것임을 말하고 있지만, 여기서 명암이란 물론
세상의 것이면서 동시에 또는 그보다는 사람 삶의 그것이다.
그것은 「외로운 추수꾼」에서 이미 본대로이다.

> 창백한 슬픔마저 섞여 짜여서
> 더욱 아름다워진 사랑의 빛깔
>
> ——「노래」

「노래」는 더 단적으로 슬픔이 삶의 아름다움의 일부가 되어
있음을 말한다. 소네트 73번은 인생의 무상함을 말하지만 동시에
무상한 것을 사랑함을 말한다. 우리 시인 윤동주도 스러져 가는
것들에 대한 사랑을 말한 바 있지만, 스러져 가는 것은 스러져
가기 때문에 더욱 사랑스럽다고 할 수 있다. 「그 애는 인적 없는
곳에 살았다」에서 시인이, "그러나 그 애는 무덤 속에 묻히고/
아, 세상이 내게는 어찌나 달라졌는지!" 하고 한탄할 때, 삶의
덧없음은 특히 예리한 것으로 느껴진다. 세상은 그대로 있건만,
그것은 나에게는 전혀 다른 세상—— 또는 세상이 아주 없어진
것이나 다름없이 되는 것이다. 우리의 세상은 나에게만 있기도
하고 없기도 하다. 덧없음은 우리의 처절한 고독의 다른 형태이다.
그러나 시는 이 무상에 이 고독을 하나의 상산 속에 수용한다.

명암병존(明暗竝存)의 논리는 삶과 죽음에도 적용할 수 있다.
소네트 66번에서 시인이 "이 세상 떠나고 싶다/ 그대를 두고
가지 않는다면"이라고 말할 때, 사랑은 타락한 세계에 대한
절망—— 죽음을 희구하게 할 만큼이나 큰 절망을 극복하게
하지만, 동시에 세상의 그러함이 사랑을 더욱 귀한 것이 되게

하기도 한다. 비슷한 심정은 300년 후의 영국 시인에 의해서도
표현된다.

> 그렇다면 나의 영혼은 죽음의 꿈을 버리옵고
> 삶의 낮은 경지를 다시 찾겠나이다
> ──『포르투갈 말에서 번역한 소네트』23번에서

"무덤의 습기" 속에 있는 죽음은 삶만 못하고, 다시 그 죽음을
극복하지 못하는 삶은 죽음만 못하지만, 못한 것들 가운데의
선택이기 때문에 사랑의 선택과 결단은 그 절실함을 더하게 된다.
  인생이 죽음을 포함하고 또, 소네트 66번이 열거하고 있듯이,
부패와 불의와 허위 그리고 악으로 가득한 것이라고 하더라도,
그러한 가운데 우리가 사랑을 긍정하고 또 청렴과 정의와 진실
그리고 선을 확인하는 것은 긍정과 확인을 위한 강한 의지가
있기 때문이다. 시심은 의지를 말한다.

> 변화에 변심 않고
> (⋯⋯)
> 폭풍이 몰아쳐도
> 사랑만은 견디느니
> ──『셰익스피어 소네트』116번에서

변함없는 사랑이란 사실을 말한 것이라기보다는── 그러기에
사랑의 감정이 만들어 내는 거짓이라기보다는 일종의 도덕적
의지의 선언이다. 이러한 의지는 정치적 또는 사회적 불의에
대한 대항에서 가장 뚜렷한 것이 된다. "감옥에서 가장 밝아지는
빛, 자유!/ 너 있는 곳이 심장"이라고 말하며, 시인은 자유를
존재하게 하는 것은 오로지 사람의 마음이며, 또 그것이
자유로운 세상을 가능하게 한다는 것을 우리에게 전하고자 한다.

사람의 마음은 압축된 사물들에 대응하는 강고한 의지를
통하여서만 작용하는 것은 아니다. 그것은 오히려 섬세거나
보이지 않는 매개를 통하여 많은 것을 너그럽게 존재하게 하는
부드러운 매체이다. 마음은 우리로 하여금 물에 젖은 졸음 낀
수련의 섬세함에 감응하게 하고 거기에 내리는 산 그림자를
아픔으로 감지하게 한다.(「수련」) 마음의 섬세함이 사물의 섬세한
기미를 위한 인식의 수단이 되는 것이다.

또 아름다움과 행복을 감지하는 마음은 전쟁에 나가는
병사에게 "일찍이 사랑할 꽃을 주고 거닐 길을 주고"한 조국을
하나의 정서적 공간으로 성립하게 한다. 있는 대로의 것을 있는
대로 있게 하는 마음은 블레이크의 시편들에서 도덕적 의미를
띤다. 너그러운 마음은 아이들로 하여금 시간이 지나서까지 놀게
하며 언덕에 둘러싸인 풀밭을 메아리가 울리는 기쁨의 공간이게
한다.(「유모의 노래」) 유순함과 온화함은 어린 양과 어린아이를
행복한 시냇가와 들에 있게 하고, 궁극적으로는 이 모든 것을
포용하는 신과 양과 아이를 하나가 되게 한다.(「양」)

전원의 이상은 여러 나라에서 두루 발견되지만, 이
이상은 특히 동양 시의 마음 깊은 곳에 있는 것이었다.
「돌아가리라〔歸去來辭〕」는 세속적 부귀 추구의 번거로움과
질박한 전원의 삶의 행복을 노래한 가장 유명한 시의 하나이다.
도연명은 이 시의 서문에서 자신의 성정이 자연 솔직하여 그를
굽혀서까지 부지런을 떨 수 없는 종류의 것이라고 말하고 있다.
그러한 담백한 성정이 편안할 수 있는 것은 고향의 전원이나
그곳에서 정신은 육체의 노예로서 눌려 지내지 아니하여도 된다.
머슴아이와 어린 자식과 소나무와 국화와 술, 남쪽으로 나 있는
창이 있는 작은 공간 문을 닫고 사는 은거의 생활— 이러한 것이
행복의 참된 요소이다. 귀거래자의 한가한 행복의 심정은 그의
자연 소요에 가상 잘 나타나 있다.

구름은 무심하게 산을 넘어가고
새는 지쳐 둥지로 돌아온다

고요히 해는 지고
외로이 서 있는 소나무를 어루만지며
나의 마음은 평온으로 돌아오다
　　　　　　　　　　　　　　　——「돌아가리라」에서

　전원의 삶, 자연에로의 복귀는 "마음 내키는 대로 사"는
것이면서 동시에 자연의 기율(紀律)에 순응하고 "하늘의 명"을
달게 즐기는 일이다. 자연의 삶이 사람에게 돌려주는 것은
정신적으로 자연의 '트여 있음' 안에 있는 인간의 생존이다.
그것은 위에 인용한 자연 묘사에 또는 다른 자연에 대한 언급에
두루 들어 있다. 그런데 이것은 단순한 공간적 넓이를 뜻하는
것은 아니다. 현실에 있어서 고향으로 돌아가는 것은 좁은 땅에
한정하여 사는 것을 뜻한다. 「전원(田園)으로 돌아와서」에 보면
"네모난 택지는 십여 묘/ 초옥에는 여덟, 아홉 개의 방"이 있을
뿐이다. 방의 넓이는 무릎을 들여놓을 정도에 불과하다.
　그러나 집 안에 잡스러운 것이 없으니, "빈방에는 넉넉한
한가로움"이 있다. 전원에서 산다는 것은 반드시 먼 곳만을
뜻하는 것도 아니다. 「음주(飮酒)」에서 시인의 집은 사람이 많이
사는 곳에 있으나 세상의 번사로부터는 멀리 있다. 세상의 명리에
관계없이 "마음이 떨어져 있으면 땅도 자연히 멀기" 때문이다. 더
나아가서 전원으로 돌아간다는 것은 자신의 고향으로 간다는
것이지만, 이 돌아감은 무엇인가. 그것은 결국 "마지막 귀향"을
준비하는 것, 우주의 과정 속에서 형체 없는 것으로 돌아감을
예비하는 것이다. "날던 새들 떼 지어 제집으로 돌아"오듯이,
근원적으로 회귀에 그 "진정한 의미"가 있는 것이다.
　오늘날 우리가 도연명처럼 전원으로 돌아갈 수 있는가. 사실

그것은 가능한 것일 수도 있고 그러지 아니한 것일 수도 있다. 그러나 근원적 회귀의 의미에서 그것은 언제나 희망해 볼 수는 있다. 전원이 아니더라도 시가 말하는 것은 근원적인 회귀이다. 그것은 본래의 시의 마음으로 돌아가는 것을 말한다. 그러면서 동시에 그것이 열어주는 삶의 공간── 자연과 삶, 나와 네가 조촐한 조화 속에 있는, 그리고 자연과 인생에는 어둠과 괴로움 그리고 허무와 죽음 또한 없지 아니하기에, 이러한 것들이 하나의 가슴 아픈, 그러나 아름다운 화해 속에 있는 삶의 공간으로 돌아가는 것을 말한다.

　금아 선생이 우리말로 옮기신 세계의 여러 명편들이 우리에게 다시 생각게 하는 것은 이러한 시심에의 복귀, 마음의 고향에로의 복귀의 중요성이다.

세계시인선 31   착하게 살아온 나날

1판 1쇄 찍음 2018년 5월 25일
1판 1쇄 펴냄 2018년 6월 1일

지은이   조지 고든 바이런 외
옮긴이·엮은이   피천득
발행인   박근섭, 박상준
펴낸곳   (주)민음사

출판 등록 1966. 5. 19 (제16-490호)
주소   서울시 강남구 도산대로1길 62
              강남출판문화센터 5층 (06027)
대표전화 515-2000   팩시밀리 515-2007

www.minumsa.com

ⓒ 피수영, 2018. Printed in Seoul, Korea

ISBN 978-89-374-7531-3 (04800)
        978-89-374-7500-9 (세트)

세계시인선

KB109990